COYOTE and RABBIT

Coyote y Conejo

RETOLD BY BERTA DE LLANO
ILLUSTRATED BY JAIME RIVERA CONTRERAS

© 2021 Rourke Educational Media
Published by Rourke Educational Media | rourkeeducationalmedia.com

Library of Congress PCN Data
Coyote and Rabbit / Coyote y Conejo
(Keepsake Stories)
ISBN 978-1-73164-177-9 (hard cover) (alk. paper)
ISBN 978-1-73164-169-4 (soft cover)
ISBN 978-1-73164-173-1 (e-Book)
ISBN 978-1-73164-181-6 (e-Pub)
Library of Congress Control Number: 2020931133
Printed in the United States of America
01-1942011937

Una tarde, hace mucho tiempo en el Desierto de Sonora, nada se movía a la hora del sol. El viejo búho dormía dentro del saguaro. Las lagartijas y los ratones se escondían en sus madrigueras.

———◇———

One afternoon, long ago in the Sonoran Desert, nothing moved in the hot sun. The old owl slept deep inside the saguaro cactus. The lizards and mice stayed inside their holes.

Coyote llevaba días sin comer. No le gustaba andar buscando comida con tanto calor, pero tenía mucha hambre. De repente, se movió un arbusto espinoso. Vió a Conejo. En un instante, Coyote iba tras él.

Coyote had not eaten for days. He didn't like to be out in the heat looking for food, but he was very hungry. Suddenly, a thorny bush moved. He spied Rabbit. In a flash, Coyote was after him.

El camino sinuoso los llevó por un barranco y Conejo se dió cuenta que estaba atrapado. Tendría que pensar rápido para escaparse. Volteando hacia Coyote, le preguntó:

—¿Tienes tanta hambre como yo?

The twisting path took them along a ravine, and Rabbit saw that he was trapped. He had to think fast if he was to escape. Turning to face Coyote, he asked, "Are you as hungry as I am?"

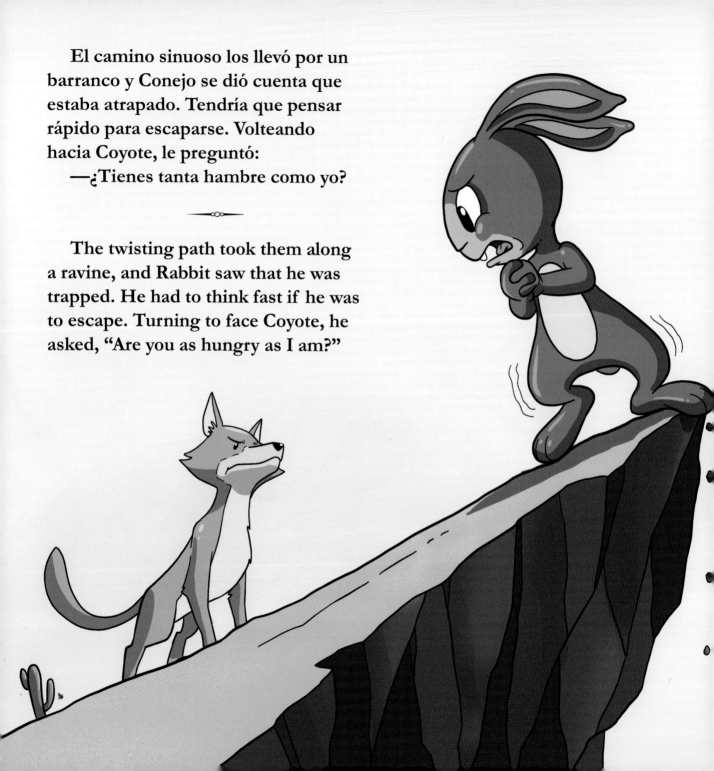

—¡Sí, pero no por mucho tiempo porque te voy a comer!
Coyote mostró los dientes.

    —Deja que te traiga unos huevos de codorniz en su
lugar. Los podemos cocinar en el sol. —Antes de que
Coyote pudiese responder, Conejo le pasó corriendo.

—◈—

    "Yes, but not for long because I'm going to eat you!"
Coyote flashed his teeth.

    "Let me bring you some quail eggs instead. We can
cook them in the sun." Before Coyote could respond,
Rabbit ran past him.

Coyote se echó y esperó por mucho tiempo, pero no había señas de Conejo. Pensando que Conejo se estaba comiendo los huevos de codorniz sin él, decidió seguirle el rastro. Coyote no había caminado muy lejos cuando vió a Conejo al final del barranco recargado en una enorme roca.

Coyote sat and waited for a long time, but there was no sign of Rabbit. Thinking Rabbit was eating the quail eggs without him, he decided to follow Rabbit's trail. Coyote did not get very far before he saw Rabbit at the end of the ravine leaning against a large rock.

—¿Dónde están mis huevos de codorniz? —gruñó el molesto Coyote.

———◆———

"Where are my quail eggs?" snarled the angry Coyote.

—No tengo los huevos. Me tuve que detener porque se estaba cayendo esta roca. —explicó Conejo. Empujó la espalda con fuerza contra la roca.

—¡Deja esa roca en paz y ve por mis huevos! —gruñó Coyote.

———◦◦◦———

"I don't have the eggs. I had to stop because this rock was falling," Rabbit explained. He pushed his back hard against the rock.

"Leave that rock alone and go get my eggs," growled Coyote.

—Si dejo la roca, se caerá —dijo Conejo—. Si se cae la roca
¡la barranca se derrumbará y quedaremos atrapados! Tienes que
sostenerla hasta que regrese. —Justo en ese momento, algunas
pequeñas piedras cayeron en el sendero.

—Está bien, pero apúrate —dijo Coyote—. ¡No voy a
sostener esta roca por mucho tiempo!

"If I leave the rock, it will fall," Rabbit said. "And if the rock falls, the whole ravine will collapse and we'll be trapped! You need to hold it until I return." Just then, some small rocks fell onto the path.

"Fine, but hurry," said Coyote. "I am not going to hold up this rock for long!"

Coyote esperó y esperó a Conejo. Cada vez que se movía, caían más pequeñas piedras a su lado. Él empujaba la gran roca con más fuerza. Una familia de codornices pasó a su lado, y él aún sostenía la roca.

El sol se puso detrás de los cerros, y los ojos de Coyote se cerraron. Eventualmente, se quedó dormido.

Coyote waited and waited for Rabbit. Every time he moved, small rocks fell next to him. He pushed back on the big rock even harder. A family of quails walked right past him, and still he held the rock.

The sun set behind the hills, and Coyote's eyes drooped. Eventually, he fell asleep.

Coyote soñó con perseguir a Conejo en el ardiente sol del desierto. Soñó con su cansancio soportando la roca y el barranco. Su sueño se convirtió en pesadilla al derrumbarse la barranca. ¡Sobresaltado, despertó Coyote!

Coyote dreamed of chasing Rabbit in the hot desert sun. He dreamed of his exhaustion from holding up the rock and the ravine. His dream turned into a nightmare as the ravine collapsed. Startled, Coyote woke up!

Con frío y adolorido, Coyote miró a su alrededor. La roca no había caído, y la barranca no se había derrumbado. ¡Conejo lo había engañado y estaba muy enfadado!

———◦◦◦———

Cold and sore, Coyote looked around. The rock hadn't fallen, and the ravine hadn't collapsed. Rabbit had tricked him! He was very angry.

Decidió en ese momento que atraparía y se comería a Conejo aunque lo tuviera que perseguir todo el día y toda la noche. Lo buscó entre los arbustos espinosos, olfateando su rastro.

He decided at that moment that he would catch and eat Rabbit even if he had to chase all day and all night. He looked through the thorny bushes, sniffing at Rabbit's trail.

Días más tarde, Coyote alcanzó a Conejo. Cuando Conejo vió a Coyote, saltó de miedo y se zambulló en una profunda madriguera por un lado de un montículo polvoriento.

Days later, Coyote caught up to Rabbit. When Rabbit saw Coyote, he jumped in fear and dove deep into a hole in the side of a dusty mound.

Coyote no vio otra entrada, entonces se quedó cerca de la
madriguera y esperó. Conejo tendría que salir por comida y agua,
y Coyote lo estaría esperando.

———◈———

Coyote saw no other entrance, so he stayed near the hole and
waited. Rabbit would need to come out for food and water, and
Coyote would be waiting for him.

Al paso de las horas hacía más y más calor. Coyote no sabía cuánto más podría esperar a Conejo en el sol ardiente.

———⊸◦◦◦⊸———

It got hotter and hotter as the hours passed. Coyote didn't know how much longer he could wait for Rabbit in the scorching sun.

Entonces, vio… no muy lejos de allí… que se quemaba la maleza. ¡Era exactamente lo que necesitaba! Cuidadosamente, Coyote jaló algo de maleza en frente de la madriguera. El humo lo forzaría a salir.

—◇—

Then, he saw—not very far away—some burning brush. That was exactly what he needed! Carefully, Coyote pulled some brush in front of Rabbit's hole. The smoke would force him out.

Dentro de la madriguera, Conejo olió el humo y sintió el calor. Por un momento, no supo qué hacer. Luego, oyó un ruido. Al quemarse las ramas, tronaban y explotaban.

———◦○◦———

Inside the hole, Rabbit smelled the smoke and felt the heat. For a moment, he didn't know what to do. Then, he heard a noise. As the branches burned, they cracked and popped.

¡Eso era! Tendría que ser muy rápido para pasar por el fuego, pero tenía un plan. De un solo brinco, Conejo saltó de la madriguera.

That was it! He would have to be very fast to get past the fire, but he had a plan. In one leap, Rabbit jumped out of the hole.

Coyote se fue de espaldas al saltar Conejo sobre él.

—¡Apúrate, apúrate! —llamó Conejo—. ¿No oyes los cuetes? Hay una fiesta en el pueblo. Habrá mucha comida allí. ¡Apúrate!

———◇———

Coyote fell back as Rabbit sprung out at him.

"Hurry, hurry!" called Rabbit. "Don't you hear the firecrackers? That's a fiesta in the village. There will be lots of food there. Hurry!"

¡Tras, tras, crac! Las ramas y ramitas tronaban al quemarse detrás de ellos.

Coyote recordó la última fiesta que tuvo lugar en el pueblo. Conejo tenía razon... ¡habría mucha comida!

———◦◦◦———

Pop, pop, crack! The branches and twigs crackled as they burned behind them.

Coyote remembered the last fiesta that was held in the village. Rabbit was right—there would be lots of food!

Coyote y Conejo se acercaban al pueblo.
Coyote ya no escuchaba las explosiones de los
cuetes. No escuchaba música. Y no olía comida.

Con tanta emoción, Coyote había corrido
por delante de Conejo. Pero, Conejo ya ni
corría. Coyote se frenó y se dio la vuelta.

Coyote and Rabbit got closer to the village.
Coyote no longer heard the popping of the
firecrackers. He didn't hear any music. And
he didn't smell food.

In his excitement, Coyote had run ahead of
Rabbit. But Rabbit wasn't running at all. Coyote
stopped and turned around.

—No hay fiesta. No hay ninguna comida. Esta será la última vez que me engañas —Coyote le gruñó a Conejo.

—¿Estás seguro? Mira al pueblo —le dijo el astuto conejito. En lo que volteó Coyote, Conejo había desaparecido de nuevo.

——◦◦◦——

"There isn't a fiesta. There isn't any food. This is the last time you trick me," Coyote snarled at Rabbit.

"Are you sure? Look down into the village," the crafty bunny told him. As soon as Coyote looked away, Rabbit was gone.

Pasaron días antes de que Coyote encontrara a Conejo de nuevo. En esta ocasión, Coyote fue rápido, y Conejo se lanzó como flecha con Coyote justo detrás de él. Rápido y más rápido corrieron.

———◦◦◦———

It was days before Coyote found Rabbit again. This time, Coyote was fast, and Rabbit darted off with Coyote on his tail. Faster and faster they ran.

Llegaron a los cerros rocosos, pero Conejo seguía corriendo y Coyote seguía persiguiéndolo. Corrieron durante horas. La luna llena ya había subido al cielo cuando Conejo y Coyote llegaron al acantilado más alto. Conejo no sabía qué hacer.

———◦◦◦———

They reached the rocky hills, but Rabbit kept running and Coyote kept chasing. They ran for hours. The full moon had climbed into the sky when Rabbit and Coyote reached the highest cliff. Rabbit didn't know what to do.

De reojo, Conejo vio la luna centellar. Tenía un truco más. Jaló aire y saltó alto.

Rabbit saw the moon twinkle out of the corner of his eye. He had one more trick. Rabbit held his breath and jumped up high.

Coyote se detuvo. No lo podía creer. ¡Conejo iba más y más alto, hasta la luna!

———◦◦◦———

Coyote stopped. He couldn't believe it. Rabbit went higher and higher, all the way to the moon!

Allí estaba Conejo arriba con las estrellas. Coyote podía ver su sombra en la luna... fuera de su alcance para siempre.

Esa noche, Coyote le aulló y aulló a la luna llena. Y a la fecha, los coyotes le aúllan todavía a la luna llena.

———————◦○◦———————

There was Rabbit up with the stars. Coyote could see his shadow on the moon—out of his reach forever.

That night, Coyote howled and howled at the full moon. And to this day, coyotes still howl at the full moon.